태양을 삼킨 오렌지 달

태양을 삼킨 오렌지 달

초판 1쇄 인쇄   2014년 02월 14일
초판 1쇄 발행   2014년 02월 21일

지은이   김 영 주
펴낸이   손 형 국
펴낸곳   (주)북랩
출판등록   2004. 12. 1(제2012-000051호)
주소   153-786 서울시 금천구 가산디지털 1로 168,
             우림라이온스밸리 B동 B113, 114호
홈페이지   www.book.co.kr
전화번호   (02)2026-5777
팩스   (02)2026-5747

ISBN   979-11-5585-159-3 03810 (종이책)
          979-11-5585-160-9 05810 (전자책)

이 도서의 국립중앙도서관 출판시도서목록(CIP)은
서지정보유통지원시스템 홈페이지(http://seoji.nl.go.kr)와
국가자료공동목록시스템(http://www.nl.go.kr/kolisnet)에서 이용하실 수 있습니다.
(CIP제어번호 : CIP2014004375)

김영주 시집

태양을 삼킨 오렌지 달

book Lab

김영주 시집

서문

그동안 영화처럼 살았다
이제는 시처럼 살리라

혹시라도 이 시집 속에
가슴 뛰게 만드는 시 한두 편이 있다면
와락 사람이 그리워지기를
덜컥 사랑에 빠지기를
실컷 눈물 흘리며 울기를
불끈 주먹 쥐고 다시 일어서기를
시의 이름으로 기도한다

– 양광모 시인의 시집 〈나는 왜 수평으로 떨어지는가〉 중에서

김영주는 천재적 감각의 영혼이다
– 양광모

차례

태양을 삼킨 오렌지 달

아! 가고 싶다
나를 끌어당기는
저 뜨거운 빛으로
더 이상 어둠속을
떠다니지 아니하리

그 빛에
나의 온몸이 물들어
오렌지빛의 꿈이 피어나니
밤도 이제는 검지 아니하네

달의 비

태양과 달 사이에 내리는 비
우주의 눈물도 이보다 애처롭게
흐르지 않으리

달의 비는 주루룩 주루룩
잠 이룰 수 없는 밤보다
더 깊게 쏟아지며
길가에 달무늬 꽃을 피운다

달무늬 꽃은
왜 피워 났는지
왜 웃고 있는지
왜 사랑하는지

영문도 알지 못한 채
둥글게 오므린 꽃잎으로
키가 커진 우주를 삼키듯이

수줍은 몸짓으로 포개지는 물빛
뿌리 끝까지 흠뻑 적시는 사랑 빛

'해달사'
'해달사'

애달프게
속삭이는
달의 비와 하나가 된다

자화상

히말라야 꽃을 만졌을 뿐이다

태곳적 고요함 속에
우주를 품은 열기가

뜨겁게 퍼져 나오는 듯한
은밀한 변화의 즐거움이 그녀를 휘감는다

그녀는 또 다른 우주에 당도했도다
시詩로 가는 문이 활짝 열렸도다

그녀의 얼굴에 환한 시詩의 컬러가
드리워진다

죽을 만큼 사랑스런 빛

참으로
어찌해야 좋을지 몰라 하며
그녀는 극락의 시詩를 꿈꾼다

사랑이란

갑작스레
꽃의 가슴에 나비가
하양 하양 날아들어
온통 설렘만 가득주고
날아가 버린 후, 하나의 나비만
그리워하며 기억하는
꽃의 애처로운 떨림을, 나는
사랑이라 부르리

목하 그리움

길을 걷고 있다
아니, 내 옆에서

사랑처럼 고백하는
그를 걷고 있다

그의 애수에 찬
슬픈 그림자가

겨울의 하얀 늪처럼
서글피 밀려온다

천만송이 눈꽃이 되어
사무치게 적셔오는

스스로 녹아버린 겨울의
눈꽃 같은 목하 그리움

낙조 落照

뜨겁게
품었기에
깊이
사랑하였기에
붉게 물들여진 심장의 빛

떨리는 가슴도
흐느끼는 내 울음도
그님의 얼굴도
빛과 함께
바다로 숨어드네

내일
해가 떠도
같지 아니하니
나는 내 심장을 빼앗아 간
말없는 저 바다가 되리

붉은 시

그대에게
펜으로도 죽일 수 없는
영혼의 시를 보낸다

그대 가슴에
별처럼 박혀
붉은 별천지 되어
방울처럼 흐르는 시

붉은 시여!
뜨겁게
타올라라

붉은 시여!
꽃잎처럼
물들여라

그대 가슴에
영원히 나 살게 하라

눈

겨울이 하얀 날개를 폅니다
사르르 사르르 아이의 웃음꽃 같은
우주의 문이 열립니다

그대는 가장 순한 열정으로
하얗게 밤을 지피며 써내려간
고요한 우주의 편지

내 손은 그대를 가두는 겨울 새벽이요
그대는 내 창가에 달처럼 기대어
순백의 열정으로 터지는 웃음꽃입니다

내 팔은 그대를 안아주는 겨울나무요
그대는 소망의 눈물로 빚은
백포도주를 한 모금 넘긴 것처럼
스며드는 깊은 평화의 순백 꽃입니다

한 우주가 분열한다 하여도
한 사랑이 녹아내린다 하여도

내 마음은 그대를 사랑하는 겨울바다요
그대는 우주가 허락한 지상에서
제일 슬프게 고백하는 사랑꽃입니다

나무여 1

나무여
오직 그대 앞에서만
나는 가슴으로 웁니다
오직 그대 앞에서만
나는 가슴으로 웃습니다

나무여 2

나무여
내 소중한 친구여
내 포근한 혼자만의 방이여
내 그리운 가족이여
내 마음 봐주는 연인이여

나무여
오직 그대만이
내가 나를 버릴 수 있는 유일한 사랑
오직 그대만이
내가 편히 안길 수 있는 유일한 우주

나무여
가슴이 시려와
눈물이 시려와
사랑이 시려와
운명이 시려와

그대에게 달려갑니다

너를 만난 후 가슴에 해가 솟아난다

너를 만난 후
별 하나도 품을 수 없었던
비좁았던 나의 마음에
노오란 해가 뜬다

너를 만난 후
못보고 지나치던 내 발밑에
작은 꽃들의 재잘거림에
귀를 귀울이게 된다

너를 만난 후
밀려드는 맑은 떨림을 서린 가슴에 담아
불어오는 바람결에 가슴을 열어두어
바람의 거울에게 외치게 된다

눈물이 솟는 대로
그리움이 솟는 대로
마음이 솟는 대로
사랑이 솟는 대로
바람아 불어라 세월아 비껴라

너의 향기가 묻어 있는
비오는 숲으로 뛰어가
심장에 먼지가 쌓여 황폐해진
내 영혼에 비를 흠뻑 뿌려주고
맑게 씻어 주리라

너를 만난 후
비오는 날이면 아파오던
내 무거운 가슴에 해가 솟아난다
비온 후 무지개처럼
네가 내 가슴에 매일 뜬다

나 그대에게 갑니다

아! 그대가
나에게
설렘이 될 줄은
몰랐어요

아! 그대가
진정
쉬임 없는
두근거림이 될 줄은
몰랐어요

나는 순결한 햇살을 담아
그대를 닮은 은빛 호수로
그대를 만나러 갑니다

푸르른 이파리 하나 걸치고
붉은 장미 입에 물들이고

그대를
나보다 가슴 뜨겁게
사랑한다고 고백하러
나 그대에게 갑니다

낮달

태양이
그리워
울고 있는 낮달

거짓말처럼
기적처럼
태양과 달은 하나가 된다

하늘은 둘을 푸르게 품어 준다

해나무

내 나무가
보고 싶어서
해를 안으러 갑니다

내 나무가
걱정이 되어서
해에게 말하러 갑니다

내 안에
따스한 햇빛 드리우니
푸른 잎 살짝 돋아납니다

내 단 하나의 마음
해나무가 반짝이며
어여 오라 사랑 손짓합니다

김영주 시집

시인詩人의 달

달을 품은 시인은
푸르른 피가 흘러

부풀어 오른 도약으로
뜨거운 가슴을 채찍질하며

청마 되어 힘차게
달에게 달려간다

달은 방실 웃음으로
은빛 손수건을 건네듯

애틋한 우수의 시인의 눈에
말갛게 떨리듯 안긴다

온몸을 적시는 천둥 같은 떨림은
세상의 모든 꿈
세상의 모든 시
세상의 모든 사랑의 시작이요

달빛 안에서 살 수만 있다면
시인은 영혼을 내 주리오
시인은 생명을 내 주리오

시인은
운명 같은 사랑인 듯
기적 같은 사랑인 듯

달을 뜨겁게 안고
달콤한 꿈을 꾼다

우주의 연인

태양을 품은 달 같은 여자 있다네
달을 품은 태양 같은 남자 있다네

서로의 가슴에 수천 개의 푸른 별을
뿌리고 서로의 가슴에 박힌 사랑

아주 부드럽지만 뜨겁고
아주 신비롭지만 황홀한

살랑 살랑 빛으로 속삭이며
꼼짝달싹 빛에 갇힌 우주의 연인

태양을 품은 달 같은 여자 있다네
달을 품은 태양 같은 남자 있다네

내 마음속 언어

내 마음속 한마디 언어
당신이에요

내 마음속 들키고 싶지 않은 언어
당신이에요

매일 나를 흔들어 깨우는 당신
오늘도 믿음의 기적이란

사랑의 열쇠의 시가 되어
하얀 순정꽃의 시가 되어

그대 귓가에 눈꽃바람 되어 날아가
부드럽게 사랑을 속삭이고 싶어요

천년의 촛불을 켜는 소녀

천년을 불타오르는 촛불을 보셨나요?

촛불의 심장은
심지가 아니라
불빛이 아니라
촛대가 아니라
처음 불을 켤 때의 함께 하는
영혼의 소망 앞에
촛불의 심장은
타올라 그들에게 내 주었지요

천년의 촛불을 켜는 어느 소녀 있어요
춤을 추는 듯 하느작거리며
손짓하는 듯한 불빛처럼
발그스름한 얼굴 속에
푸르른 펜을 화살처럼
달고 있는 어느 소년을 담아
부드럽게 온몸을 어루만지며
제 몸을 태우며
소년의 얼굴을 밝히네요
깊은 시름 속에 서성거리며

온 마음의 벽지에
슬픔을 적시던 소년은
그 빛에 온 마음을 빼앗겨
온몸을 휘감는 기쁨을 맞지요
소년에겐 촛농은
더 이상 슬픔이 아닌
고귀한 사랑임을 알게 되고
촛불의 희생이란 아픔이 아닌
따스함을 함께 적시는
가장 위대한 사랑

천년이 지나도
소녀는 한 치의 주저 없이
아낌없는 사랑을 건네며
소년을 뜨겁게 끌어안고
두 손 모아 촛불을 키며
우주의 날개를 단 듯
최고의 역사를
최고의 사랑을
찬란한 빛을 드리우리란 것을
소년은 알기에요

가장 고귀한 사랑이
천년의 촛불 속에서 타오름을 보지요

크리스마스의 기적 같은 사랑

내 영혼에 밤새도록 슬픈 눈이 내리고
불타오르던 촛불도 제 몸을 태우며

아프다는 말 한마디 못하고 촛농처럼
눈물을 흘리며 녹아내리던 크리스마스

뒷모습이 없는 사랑 이별이었기에
내일이면 다시 찾아올 숨죽이며
타오르는 저녁노을처럼 그리움만 남긴 크리스마스

사람아 사람아
사랑아 사랑아

당신은 내 안을 밝히는 촛불
내 눈에 천년을 불타오르는 촛불 속의 그리운 얼굴

사람아 사람아
사랑아 사랑아

우리는 꺼지지 않는 천년의 촛불 속 사랑
천만송이 눈이 오는 크리스마스의 기적 같은 선물

눈물 한 방울씩 모아 써 내려간
영혼의 시가 가져온 고귀한 인연

사랑할 수밖에 없는 사랑

천만 개의 눈송이가
오던 날 기억나세요?

천만 개의 설렘이
천만 개의 기쁨이
내려오는 듯했어요

그때는 몰랐죠
제 가슴에 당신이
저의 이름을 불러준다는 것만으로도

분홍빛 수만 송이 장미꽃 안겨 오는 듯
가슴 벅찬 기쁨이 될 줄은요

그때는 몰랐죠
제 가슴에 당신이
그리움의 하얀 성을 쌓아 놓고

저를 가두어 버린 폭설처럼
온밤에 내릴 줄은요

보서요!
이제사 고백할게요

당신은 천년이 지나도
다시 사랑할 수밖에 없는
오직 하나뿐인 사랑이에요

당신의 수만 개의 눈물들은
제가 가질게요
당신은 행복만 가지세요

보서요!
하늘도 서글피 울고 있는
허락되지 않는 사랑이라 해도

오직 당신께
영원한 사랑 드릴게요

아디오스여!

하늘을 돌고 돌아 내게 떨어진
별똥별처럼 어느 순간 나의 슬픔
멈추게 한 아디오스여!

사막의 신기루를 보듯
당신과 마주하는 순간의

모든 것을 의심한 내 눈을 탓하듯
내 심장이 서둘러 소리를 내네요

아름다운 가을빛 향연처럼
내 가슴을 잔잔히 적시는 아디오스여!

가을 햇살에 빨갛게 물들어 가는
낙엽처럼 성숙으로 익어가는

하나의 심장의 가을 태양처럼
눈부신 나의 사랑 아디오스여!

당신을 향한 작은 기다림으로
하루 하루를 되풀이한다 하여도

온밤을 그리움으로 색칠한다 하여도
가장 행복한 순간에 나를 담아 두어

가장 행복한 표정으로
기다리고픈 나의 간절한 아디오스여!

가을 나뭇잎의 아름다운 노래 담아
오직 한 방향으로 가는

가을빛 사랑담아 가장 사랑스런
표정으로 살포시 안기고픈

단 하나뿐인 사랑
나의 아디오스여!

가을은 또 오고 가겠지만
당신이 알려준 생명의 문패

영원한
사랑만이 내게 남아 있지요

가을 산을 품은 가을 호수처럼

가을 산을 품은 가을 호수처럼
잔잔히 물들게 하는 사랑

누가 먼저랄 것도 없이 하나 되어
짙은 그리움 담아 놓은 가을 수채화처럼

온 산이 단풍으로 붉게 물들어 가면
깊은 물빛 속까지 붉게 흘러가는

가을 산을 품은 가을 호수처럼
다른 그 무엇은 담을 수 없어

진실한 하나의 모습을 담아
바라보는 것만으로도

충분히 온 가슴 뜨거워질
가을 산을 품은 가을 호수처럼

진실한 가을사랑
내게도 붉게 물들게 하소서

낙엽병

회색으로 뭉쳐진
사무치는 그리움을
그려놓은 가을의 절규

하늘을 볼 용기 없어
가엾은 그 죄로

작은 구멍 사이로
바람이 스며 온다

상처가 상처에게
아픔이 아픔에게
운명의 악수를 청한다

용기 없는 잎새는
용기 없는 사랑은

가을과 함께 죽음 같은
그리움에 병들어 간다

도토리묵

수천 번을 들락날락 하는
생각의 밑바닥에 깔린
뭉침의 그대여

수천 번의 울음을 삼키고
수천 번의 분을 토해내고
수천 번의 아픔을 견디고
수천 번을 스스로 참아

결국은 퇴고적 인내의
갈색 평화
갈색 다짐
갈색 눈물

짙은 심장을 지닌
말랑한 그대여

가엾은 그 어느 여인의
삶하고 닮았도다

시인詩人과 휴지통 1

시인은 말한다
아직 아름다운 시는
세상밖에 나오지 않았다

휴지통은 말한다
"그럴수 밖에 없어요.
제게 흘러온 글들이
별이 되어 떠돌고 있으니까요."

시인은 끄덕인다
가장 아름다운 시는
먼지처럼 허공을 맴돌다
버려진 그대가 숨겨온
한숨 같은 구겨진 글이었구나!

기품 있는 시적 입을 가진
휴지통에게서 시인은
진정한 찬란한 몸짓을 배운다

시인詩人과 휴지통 2

밤보다 적막한 고독함이 온몸을
에워싸며 시인은 밤을 찢고
마음을 찢고 종이를 찢는다
버려진 종이 위에는
감정을 나누는 듯 글씨를 파먹는
좀 벌레들이 아우성치며
메마름을 긁어 대고
휴지통은 사려 깊은 시선으로
시를 품는다. 구겨진 조각들을
온몸으로 흡수하는 듯 시인의
손길에 따라 시적 입을 가진
휴지통은 떨그렁 떨그렁 춤을 춘다
시인의 눈이 호수에 머물며
깊은 한숨 내쉴 때는
휴지통은 하얀 감정을 토해내며
벅찬 가슴으로 차오르는
은밀한 변화를 즐기는 듯
헛바닥을 내민다
쓸쓸한 밤이 깊어가면
시인은 노래한다

"나는 시인이라네
진정 아름다운 시는
진정 행복한 시는
눈으로 볼 수 없음이라네."

시인의 노래는 휴지통을
하얗게 감싸고
새벽은 저 멀리서 멈칫하네

선인장 1

메마른 모래 위에
파아란 심장으로
가엾은 가시 달고

뜨거운 태양 아래에서
제 몸을
더 뜨겁게 달구네

가볼 수 없는 태양의 낙원 그리며
정열의 꽃 피우고자
가녀린 바람조차 붙들지 않고

혼을 담은 작은 구멍은
태양을 숨기네
태양을 모아 두네

정열의 꽃 피우고자
사랑을 숨기네
사랑을 모아 두네

선인장 2

푸르슴한 몸뚱이에
톱날 같은 이빨이 싫어요
그 꼴 보기 싫은 듯
등 돌린 별을 향해 더운 글을 써요

캄캄한 어둠 속에서도
별의 부재가
무거운 절망인 듯
아니한 듯

꽃피고 싶어요
꽃피고 싶어요
영원히 지지 않는
꽃피고 싶어요

온 종일 중얼 대며
더운 글 위에 더 더운 글이
포개져도 별을 향해
소리 없는 더운 글을 써요

선인장 3

태양이 흘리고 간 더운 울음 보며
사막에 두고 온 별 하나 숨기고
고집스럽게 메말라 있어요

탁탁한 무거운 가슴엔
온통 그리움의
가시 꽃 투성이에요

모든 것이 다 지워져 버릴 듯한
캄캄한 어둠 속에서 우주의 연인인
별과 달이 보란 듯이 서로를 곱게 에워싸는 날엔

사막에 두고 온 별이 그리워
모든 것을 다 태우듯
뜨거운 노래 불러요

자신의 혼을 위로하며
우주의 별빛을 태울 듯
뜨거운 노래 불러요

사랑꽃

내 안에 저절로 잎이 핀
향기로운 꽃이 살아요

사랑이란 진실한 향기 품고
황홀히 웃음 짓는 꽃

영원히 지지 않는
사랑꽃이 살아요

내 심장에 곱게 피어나
나도 몰래 하나가 된

소중한 당신이란
꽃이 살아요

당신이 알아야 하는 것

당신이 울어야
내가 눈물을 닦아 줄 수 있고

당신이 그리움을 흘려보내야
내가 그리움 잡아다 줄 수 있고

당신이 당신을 버려야
내가 당신을 찾아줄 수 있고

당신이 사랑을 해야
내가 사랑을 증명해줄 수 있습니다

둘이서 하나의 영원 잊음 없이

우리의 만남은 우연일지라도
우리의 사랑은 운명입니다

별들의 대화처럼 숭고하게
빛나는 우리의 만남

둘이서 하나의 사랑 잊음 없이
둘이서 하나의 영원 잊음 없이

행복의 열쇠 꼬옥 쥐어 잡고
영원히 함께 살고 싶어요

사랑합니다

하늘이 하얀 그리움 같은
구름을 내게 토해 내요

내 사랑은 언제나 저만치서 손짓하고
나는 갈 수 없는 설움에 울어요

구름에 당신 이름표 달아
하늘에 푸른 엽서를 보내요

사랑합니다
제 곁에 있어 주세요

일편단심 사랑합니다

내 마음 안에 사랑이란
붙박이 별로 있는 그대

어젯밤 그리움이란 정거장에
도착해서야 알게 된 사랑

나는 당신을 알지 못했다면
사랑도 알지 못했을 것입니다

하늘의 별꽃이 다 떨어질 때까지
당신만을 일편단심 사랑합니다

시를 그린다

하얀 종이 위에
노래하는 노란빛 쏭쏭쏭
춤을 추는 핑크빛 톡톡톡

소리치는 내 영혼의
더없는 기쁨의 전율 담아

너만 아는 나만 아는
아름다운 사랑시 그린다

결론

시는 사랑이라네?
내 사랑이라네?

주제도 끝
퇴고도 끝

수줍은 싯구로
사랑 고백해요

시는 당신입니다
시는 내 사랑 당신입니다

결론 2

내 사랑이
희극인지 비극인지
나는 잘 모르겠습니다
분명한 것은
사랑한다는 것
영원히 사랑한다는 것입니다

24시간 줄게요

1초 안에 백번
당신 얼굴이 떠올라

2초가 오기 전에
당신이 사무치게 그립습니다

하루 종일 사랑이
쉬임 없이 불타오르네요

내 24시간 당신께 드려요
함께 쓰실래요?

내 심장 찾아주세요

내 심장 찾아주세요
어느 날 집을 나갔어요

어여쁜 사랑 달고
주인 찾아 떠나갔어요

당신의 심장은
잘 있나요?

그럴 리 없어요
둘이 사랑하고 있으니까요

가루눈이 되었네

내가 사랑하는 사람은
눈을 기다리네

그를 위해 나는 눈이 되었네
차디찬 눈 속에 들어가

스스로 온몸을 얼려 버렸네
더 이상 꼼짝도 할 수 없는 나를 두고

그는 흔적도 없이 가버렸네
나는 혼자 남아버렸네

나는 그래서
가루눈 되었네

그대 문답

저를 왜 사랑하세요?
나는 그대에게 묻지만
대답은 빙그레한 웃음

어느 날 밤하늘을 보며
그대는 내게 묻는다
너는 별이 왜 반짝이는 줄 아니?

그건 별이니깐
나도 나니깐
너니깐

붉은 별천지

죽은 만큼 사랑스러운
영혼의 시詩가 있다
너의 시詩가 그러하다

내 심장에
별처럼 박혀
내 가슴은 붉은 별천지라네

술과 입술

그대와 함께 마신 술은
내가 마신 술 중에서
최고였어요
마시기 전부터 푸르게
다가와 붉게 취하게 하는
술이었거든요

그대의 입술은
내가 마주한 입술 중에
최악이었어요
너무 지나치게 달콤하게
너무 지나치게 신비롭게
너무 황홀하게 다가왔죠

태양이 뜨거운 건

달이 숨어 있기 때문이야

달빛의 따스한 빛은

태양을 품고 있기 때문이야

함께 안고 산다는 것이

보이지 않는다고

태양 안에 달이

달 안에 태양이

뜨겁지 않으리

너와 내가 각자 따로

떨어져 있어도

네가 내 안에 항상

있는 것처럼 말이야

사랑은 품는 거다

태양이
눈부시게 불타는 건
달이
태양 안에 있기 때문이다

달이
환하게 따스한 건
태양이
달 안에 있기 때문이다

보이지 않는다고
보이지 않는 게 아니다
네가 내 안에 있듯
네가 내 안에 살듯

그렇게
사랑은
품는 거다
뜨겁게…

오직 한 마디 말

오직 한마디 말로 인사하고
오직 한마디 말로 싸우고
오직 한마디 말로 화해하고
오직 한마디 말로 웃어주고
오직 한마디 말로 안아 주세요

미안해가 아닌 사랑해라는 말
영원한 우리들의 마음의 말

태양을 사랑한 달 그리고 별

그대의 순결한 웃음은 꿈꿔왔던
내 영혼의 안식처럼 나를 비추었다오

태양을 품은
순결한 달이여!

그대의 태양이 될 수 없다 해도
그대의 하늘이 될 수 없다 해도

나 그대를 위해
하늘의 문지기가 되겠소

나 또한 그대를 순백히
사랑하는 숨이 별이기에

그럼에도, 란 룰

누군가를 사랑하는 동안
마주하는 피할 수 없는 운명의 시간 속에
마음속 불쑥 타오르는
그럼에도, 란 암묵의 룰

그럼에도 잊을 수 없다면
그럼에도 사랑한다면
사랑의 심장 속에서 죽어도 좋은사랑입니다
사랑의 눈물 속에서 살아도 좋은사랑입니다

오늘도 반가워요

오늘도
반가워요
나는 당신의
오늘의 사랑입니다

오늘도
반가워요
나는 당신의
내일의 사랑입니다

오늘도
반가워요
나는 당신의
영원한 사랑입니다

오늘밤

오늘밤
나는 그대 가슴속에
들어가 잠이 들 테야

그리고
내일 아침
붉은 장미 되어 안기리

충전기를 어디다 꽂을까요?

문득 거리는 머리에
출렁 거리는 가슴에
만지작 거리는 손에
머뭇 거리는 발에
등이 없는 등에
소리 없는 그림자에
지친 영혼에
지구도 모르는 지구 밖에
어디다 꽂을까요?

충전기는 말하네요
좀 저 아닌 다른 곳에 틈 좀 보이지 말아주세요
좀 저에게만 틈 좀 보여주세요

그래야 저도 제 자리를 알겠죠
충전기를 연결할까요?

그대의 영혼이 가득 채워지면
또 다시 빼 버릴
그대의 손아귀에

제 운명을 맡기는 것이라면
전 새로운 충전기가 당신을
더욱 만족하게 할 테니 그리 하십쇼
하겠습니다
그것도 안 한다면
당신에겐 죽음이겠죠
사랑 없는 삶을
열정 없는 삶을
당신은 살 수 없을 테니까요

그리고 만약,
당신이 다시
누군가를 사랑한다면

그때는 그대가 누군가에게 충전기가 되어 주십쇼

우정 열매

사람이 사랑보다 때론
우정을 선택할 때는
그 사랑이 죽을 만큼
간절하지 않기 때문이기보다는
우정이라는
온몸을 적시는 편안함
그 아름다운 빛에
빨려 들어가기 때문이다

지구가 흔들린다 하여도
떨어지지 않는
우정 열매가 단단히
열려 있기 때문이다

그대 내 꺼 하자

상큼한 삶의 향기 속에
깊어만 가는 물빛 그리움 속에
애타는 내 마음 알아봐 주는
따스한 믿음의 그대 내 꺼 하자

내 귓전에 살랑 살랑
신비롭게 속삭이는 바람처럼
외로운 내 마음 알아봐 주는
아름다운 소망의 그대 내 꺼 하자

온 가슴에 그리움 스며들어
간절히 두 손 모아 기도하는
간절한 내 마음 알아봐 주는
향기로운 사랑의 그대 내 꺼 하자

따스한 햇살의 간지럼에
나뭇잎이 춤을 추듯
내 영혼을 크게 웃게 하는
즐거운 진실의 그대 내 꺼 하자

들키고 싶지 않은 슬픔

요즘은

슬플 때 더욱

애써 웃어요

내 안에 살고 있는 당신을 들켜버릴까 봐서요…

너 1

가장 달콤하다
가장 부드럽다
가장 신비롭다
가장 중독이다

너 2

너
그거 아니?
그래
지금
슬프지만
밥을 먹고
울자
일을 하고
울자
잠을 자고
울자

그런데,
너
그거 아니?
이미 내 눈물에
눈물이 잠겨 버렸어

꿈속의 시인

겨울나무 끌어안고 뿌리 보다 더 깊은
그리움을 토해 내며 가지보다 더 기나긴
시의 그림자 밟고 서서 겨울의 눈꽃처럼
시와 포개지는 시인

시는 봄을 기다리는 겨울의 그림자
시는 우리네 영혼의 그림자
그의 욕심은 단 하나
겨울나무가 되어 시를 쓰는 것이라네

겨울나무의 뿌리는 땅을 감싸고 하늘을 향해있고
가지는 우주를 안고 있기에 우리네 삶도 겨울나무처럼
자신을 스스로 사랑하며 푸른 싹을 피워야 한다며

한평생 시처럼 살아가는
겨울나무가 되어 시를 쓰는 시인
그의 그림자가 내게로 온다
나무가 먼저 오는 듯 그가 내게로 온다

추일서정秋日抒情

가을 나뭇잎 하나
주워 담지 못하는
나무는
가을의 깊어가는
가장 낮은 곳
암 흙을 껴안고
속으로 운다

흔들림

바람과 나무의
은밀한 비밀 대화
스쳐가는 그 살랑 살랑 속삭임
나무는 천년을 기억하리

천성적 사랑은

살아가는 이유로 고백하는
사랑의 탯줄로 이어진
단 하나의 생명

죽음도 막을 수 없는
못 말리는 막무가내의
단 하나의 사랑

심장이 심장에게 다가가는
도무지 어쩔 수 없는 타고난 인연
단 하나의 운명

똥별

하늘이 버린 정
오려진 내 심장 위로
핏빛 물든 별이 아프게 떨어진다
내일은 아프지 아니한 은빛 똥별이 떨어지리라

별똥별

오늘이 아니라 해도
내일 떨어질 수 있는 것

나의 눈물
너의 눈물

그리고
별똥별

길

지금 내가 서 있는
이 길이
가장 아름답다
너에게로 가는 미지의 길

행운

내가 웃어야 내 행운도 미소 짓는다
나의 표정이 곧 내 행운의 얼굴이다

넋두리

첫눈이 수만 송이
당신의 하이얀 웃음처럼
창가에 흩날리던 날
사르르 떨려오는
설렘을 잊을 수가 없다

허나, 이제는
다시 눈이 쏟아진다면
길가에 누워버린
내 그리움 덩어리가
보이지 않아 슬플 듯하다

나뭇잎 편지

가을엔 나뭇잎 편지를 띄우겠어요
흘러도 흘러도 모자란
눈물 한 방울씩 모아
나뭇잎 편지를 띄우겠어요

낙엽이 정처 없이 바람 따라 온 사방을 떠돌듯
끊기지 않는 우수로 서글피 울어대는
가을비 소나타처럼 심장 터질 듯한 그리움 담아
나뭇잎 편지를 띄우겠어요

여기 저기 수북이 쌓인 낙엽처럼
깊어만 가는 그대 향한 가을 연가
진실한 선율 담아
나뭇잎 편지를 띄우겠어요

무채색의 시

이제는 만약
내가 사랑에 대한 시를 담는다면
마음에서 색이 사라져 버린
무채색의 시를 쓰고 싶네요
하얀 웨딩드레스의 처녀의 시
순백꽃을 피우려하는
백지가 되려하는
무채색의 시를 쓰고 싶네요
그래야 당신께 물들 수 있을 테니까요

네 마음속을 똑바로 보라

가야 할 곳이 보이지 않을 때
자신에 대한 진정한
용기를 가져 보라

앞으로 나아가길 원한다면
숨 가쁜 오르막길에
너의 의식을 힘껏 던져 보라

맨 땅 위에 벌거벗은 소나무처럼
조용히 서서 너의 심장의
노래를 들어 보라

행복으로 가는 지도는
너의 사막의 가슴에서
죽은 듯 자고 있음을 똑바로 보라

스스로 깨워 나라
너의 죄를 묻는
최초의 인간은 너 자신이어야 한다

스스로 걸어가라
너를 사랑하는
최초의 인간은 너 자신이어야 한다

11월 예찬 1

11월은
눈이 커다란 가을 햇살
키가 커다란 가을 나무
입이 커다란 가을 바람
가슴이 커다란 가을 하늘

내 온몸으로
가을 사랑 담아

너의 눈 속에 빠지리
너의 귓속에 속삭이리
너의 입에 입맞춤 하리
너의 가슴으로 날아오르리

11월 예찬 2

11월의 하늘은 푸른 편지지
심장이 터질 듯한 헐떡거림으로
우주 반대편의 나에게 안부를 전하리

11월의 하늘은 푸른 영혼의 거울
운명 반대편의 나를
물끄러미 봐주며 용서하리

11의 하늘은 푸른 운명의 정거장
운명 반대편의 그대와 나, 가보지 못한 삶
진정 뜨거운 화해의 정거장이리

11월 예찬 3

11월은 세월이 저무는 계절
바람은 나무의 옷을 찢어도 한껏
성숙해진 낙엽은 추락하면서도
서로를 부대끼며 달콤하게 소근거린다

익어간 가을은 회색 하늘에 한 점의
희망을 뿌리고 낙엽은 생각이란
작은 새를 따라 미지의 여행을 떠난다
11월은 나를 흔들어 깨운다

찢긴 나무처럼 다 내주어도 좋으리
낙엽처럼 온몸이 부서져도 좋으리
11월은 언제나 처음 오는 계절처럼
가슴 뭉클하게 설레게 한다

11월 예찬 4

산과 해와
사랑하면
그늘이 산을 아파하리

바다와 어둠이
사랑하면
갈매기는 바다를 아파하리

우주는 사랑보다
아픔을 봐주라
11월의 색을 벗긴다

11월은
고통을 벗자
아픔을 만져주자

그 어느 것이 한번도
아프지 아니하리
아름답지 아니하리

11월은

우주가 우주를

만나는 달

내가 걸어 왔던 그 길을

사랑의 신 신고 다시 뜨겁게

걸어가 우주에 꽃씨를 뿌려보자

태양을 삼킨 오렌지 달

가을의 끝자락이 멍든 낙엽에겐…

가을햇살의 따가운 시선
나뭇잎은 멍들어 떨어진다

울음 섞인 핏빛으로
서늘하게 매달려 있는 것보다야

가장 낮은 곳에서의 웅크림이
가여운 낙엽에겐 편안함일 것이다

가을의 끝자락이 멍든 낙엽에겐
쉼 쉴 수 있는 구원의 손길이며

달콤한 꿈을 꾸게 하는
고마운 선물일 것이다

가을이 오면

가을이 오면
낙엽처럼 뚝뚝뚝
떨어지는 눈물
닦아주는 사람과 만나고 싶습니다

가을이 오면
노오란 낙엽 한 장 붉은 낙엽 한 장
책갈피에 끼어 넣고 추억을 가지런히
담을 줄 아는 사람과 만나고 싶습니다

가을이 오면
찻잔에 짙게 물든 그리움
사랑 한 스푼 톡톡톡
타서 마실 줄 아는 사람과 만나고 싶습니다

가을이 오면
별 하나를 바라보며 가을을 품고 가을비처럼
부드러운 목소리로 사랑노래 불러주는 사람과
만나고 싶습니다

백년 후에도
천년 후에도
멈추지 않는 그리움
잊혀지지 않는 추억

영원한 '너 바라기'라고 말해주는 사람
영원한 사랑은 나 '한 사람'이라고 말해주는 사람과
만나고 싶습니다

랑에게

나는 말야, 나는 말야…
너의 그림자이고 싶어
네가 멈추면 멈추고
네가 손짓하는 대로
네가 걷는 대로
소리 없이
따라가는 그림자
너의 곁에 낮이고 밤이고
함께하는 그림자이고 싶어
슬플 땐 말야!
너의 그림자를 봐줘
힘내라고 하고 있어
사랑해라고 하고 있어
네가 웃을 때 함께 웃고
네가 울 때 함께 울고 있는
그림자 위에 그림자를 봐줘

네가 있는 그곳에 내가 있어

외로워 하지 마

너의 곁에 언제나 내가 있어

너에게 항상 말하고 있어

사릉 사릉해

사랑할 수밖에 없는 그녀

내가 사랑하는 그녀는
달빛 창가에 서서 내가 오기만을
기다리는 여자
나의 지친 마음이 아무런 말을 할 수 없을 때도
그저 '잘 자'란 이 한마디를 기다리며
그녀가 살아온 이유에 하루를 내려놓는 여자
내가 사랑하는 그녀는
시보다 더 시 같은 여자
마지막 눈 감을 때에도
제 무덤가에 꽃씨를 뿌려주고
시와 함께 묻어 주세요라고 말할 여자
나는 그 여자의 시가 되기로 했다
살아도 그녀의 가슴에 살고
죽어도 그녀의 사랑이 될 것이다
내가 사랑할 수밖에 없는 그녀는
지금도 아마 졸린 눈을 비비며
나의 '잘 자'란 말을 기다릴 것이다

잘 자오! 내 사랑
내가 이젠 그대의 창가에서
별이 되어 달이 되어
지켜주겠소

당신이 믿어야 하는 것

내가
당신을 사랑하는 건
오직 당신만이
내 안에 살고 있기 때문입니다

첫눈이 오는 날

첫눈 오는 날
누군가의 얼굴이 떠오른다면

그 얼굴이 사랑인 것이다

시어머니

세상에 진정 단 한사람
시詩의 어머니라 칭한다면
시어머니일 것이다

감사해, 미안해, 사랑해

감사해, 는
빛나는 해
감사해 하는 일이 많아지도록
먼저 웃어주고 빛을 드리우자

미안해, 는
진심의 해
다독거리며 안아줄 수 있는
마음과 마음의 화해의 다리를 걸어두자

사랑해, 는
따뜻한 해
이보다 더 좋을 수 없을 만큼
아름답게 주고받는 사랑의 창을 열어 두자
언제나 사랑해, 라고 말해를 높게 띄우자

감사해

이 세상을 빛나게 해주는

별빛과 같은 해

미안해

습한 곳을 어루만져주며

밝혀주는 촛불 같은 해

사랑해

그 무엇보다 따스해지는

우리들의 마음의 해

묘비명 1

이곳을
시詩의 빛
시詩마루라 불러주오
시詩의 언어의 새
시詩의 몸짓의 꽃
시詩의 가슴의 나무
진정 시인詩人 새, 꽃, 나무보다도
적을 줄을 몰라 허공의 빛으로 남기고 가오
시詩의 빛에 귀 기울여 주시오
시詩의 빛에 마음을 열어 주시오
부디 시詩의 우주에서 다시 만나
모든 가슴에 빛 들이고 싶소이다

묘비명 2

생명도
나눠 쓰는 것이오
주고 가오
제발 아껴 쓰시오

김영주 시집

묘비명 3

사랑 시의
빛이 영원히
우리를 감싸니 울지 마오
사랑 시 지으며 웃으며 가리다
사랑 시 담고 마냥 웃어 주시오

붙박이 별 같은 그대

밤하늘에
오로지 한자리에 떠서
움직일 줄 모르는 붙박이 별
당신이 내게 어김없이 그러하다

참

그댄 참
떨리게 하는 사람

그댄 참
어쩌지 못하는 사람

그댄 참
안아 주고 싶은 사람

그댄 참
함께 하고 싶은 사람

그댄 참
사랑 할 수밖에 없는 사람

근데 참
그대 지금 어디 있지요?

내 마음의 바퀴

열네 시간의 도로의 진통을
겪은 후 넓고 넓은 바다를 만나게 되었지

바다를 만나기까지
내 마음의 바퀴는

쉬임 없이 굴러 굴러
숱하게 쏟아지는

한숨을 받아 내며
무거운 졸음을 참아 내며

지친 영혼들의 잠시나마
눈 비빌 수 있는 갓길의 평화에서도

그리움의 시동 끄지 못한 채
열네 시간의 도로의 전쟁을 거침없이 뚫고

누구에게는 반가운 고향인
푸르른 기다림 안고 사는 바다에 안겼지

까마귀가 우는 건

새벽빛이 몰려오는 소나무 위에서
까마귀 울음소리가 생동감 있게 세상을 깨운다
예전엔 귀가 찢어질듯 고막이 터져 나갈듯한 울음소리가
벗에게
가아 가아 앞으로 가아
저기 새로운 터전이 있어
가아 가아 가고 있어
서로가 힘차게 대화를 나누고 있는 듯하다

까마귀야!
이제는 네가 불운의 새가 아닌
힘찬 구절을 노래하는, 새로운 도약을 심어주는
생명의 물을 한 모금 주는 듯한 힘찬 새로
다가옴이 나도 내 안에 좋은 것들을
받아들일 준비가 된 것일 테지...

까마귀야!

가아 가아 가아 가아

나는 어디로 나아갈까?

가아 가아 가아 가아

너는 참으로 힘차게 울어 대고 있구나!

까마귀야 너는 벗에게 인사를 하고 있구나!

너란 존재가 여기 있다고 벗에게 말을 걸고 있구나

나는 내 사람들에게 힘찬 말을 건넨 게 언제인지…

사랑이 사랑에게 말을 걸때

사람이 사람에게 말을 걸때

참으로 아름답구나

말을 나눔이란 참으로 정겹구나

까마귀야 !

서로에게 말을 걸어 주는 너의 울음 소리에

나는 까르르 웃음지어 와르르 눈물지어

나란 존재가 여기 있다고 외쳐본다

너란 존재가 거기 있니? 외쳐본다

불운의 새도 희망의 새가 될수 있다고

마음의 벽도 두두리다 보면 마음의 문이 열린다고

우리의 마음빛 공간으러 가아 가아

하늘에 웃는얼굴 그리며 동그라미 그려본다

우리의 공간으로 가아 가아 가자 가자

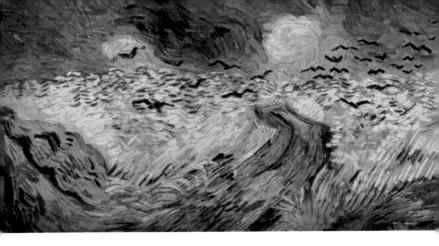

까마귀가 우는 건

가아 가아 앞으로 가아

저기 새로운 터전이 있어

가아 가아 그곳으로 가고 있어

벗에게 서로 말을 걸며

자신의 존재를 알리는 것이다

영혼

삶이란
육체와 영혼이
하나가 되서 숨 쉼이오
죽음이란
흙이 되고 물이 되어 또 그 무엇으로
윤회하여 영혼이 흘러가는 것이다
성공이란
영혼과 영혼의 하나의
울림이 가져온 나비 효과이다
누구든 혼자 힘으로 성공할 수는 없다
작은 울림이 모아져 모아져 빛을 발한 결실이다
행복이란
영혼의 웃음이오

불행이란
우주의 영혼의 눈물이다
누구의 잘못도 아니다
꿈이란
파란하늘에 종이비행기를
날려 보내듯 우리 영혼에 깃든

푸른 마음이다

희망이란

길 잃은 영혼에 빛을 밝히는 일이오

절망이란

우주의 혼돈 속에 비에 젖은 영혼이 웅크리는 것이다

사랑이란

영혼과 영혼이 하나가 되는 것이다

그리움이란

영혼이 또 하나의 영혼에게 손짓하는 것이다

불어오는 바람에도 향내를 맡으며 나뭇가지의 흔들림에도

함께 흐느적거리는 것이다

쓸쓸함이란

홀로 있는 그림자의 영혼을 보며 우는 것이다

세상을 아름답게 만드는 건 사람이요

사람을 아름답게 만드는 건 영혼이다

한 사람이 또 한 사람을 위해

영혼을 어루만져 줄때

한 사람은 또 한 사람의 어두운 가슴에

아름다운 영혼이 된다

양광모 시인님의 시집 〈나는 왜 수평으로 떨어지는가〉 중 '우산 시' 인용

당신 1

눈물을 베개 삼아 누워
소중한 포말의 그리움의 별 하나 바라보다가
캄캄한 밤하늘에도 눈물 한 방울 뚝
떨어지는 것을 보고 알게 되었다
당신은 언제나 내안에 있었음을…
이제서,느껴지는
당신의 눈물진 영혼에 입을 맞춘다
당신의 멍울진 그리움에 가슴을 비빈다
당신의 웃음진 사랑에 운명을 삼킨다

당신 2

사랑을 창조하신 신이
만약에 존재한다면
그 신은 당신입니다

밥만도 못한 사랑이라면

내게
술 먹자
커피 마시자가 아닌
밥 먹자 안할 거라면
사랑한다 말도 꺼내지마
내가 밥만도 못한 사랑이라면
사랑 영원히 주지도 마

김영주 시집

나는 그대 밥이 되고 싶다

매일 그대와 나누는
그대와 마주하는
밥만큼만 그대를 볼 수 있다면
얼마나 좋을까
나는 그대에게 힘을 주는 따순 밥이 되고 싶다

함께 나누는 사람과 결혼하라

함께 먹고, 살고, 말하고, 가 아닌
함께 따스한 밥을 나누고
함께 정다운 사랑을 나누고
함께 즐거운 말을 나누고
함께 이상을 꿈꾸며 살아가는 사람과 결혼하라

밥과 사랑,
잘 챙겨주는 사람이 최고다

밥은 먹었는지, 걱정해주는 친구를

만나고 또 그러한 연인을 만나라

가난한 삶일지언정, 가난한 사랑은 하지 말고

사랑이 부자인 사람, 사랑을 함께 나눌 줄 알고

밥을 함께 나눌 줄 아는 사람을 만나라

그런 사람이라면 그 어떤 날에도 당신이 찬밥 될 일 없다

그대 눈빛

그대 눈빛은
아득히 먼곳에서 하나되어 뿜어내는
깊은 설렘의 맑은 숨결같은
몰랑 몰랑한 마법의 구름 같아요

그대 눈빛은
늘 꿈꿔왔던 세계로 데려다 줄 것 같은
알랑 말랑한 꿈의 구름 같아요

그대 눈빛은
그 어떤 흔들림에도
꼼짝없이 내 온몸을 맡겨도 좋을
살랑 살랑한 언약의 구름 같아요

그대 눈빛은
해가 지고 달이 져도 내 가슴에
쉭쉭 날아 들어 얼은 심장에 봄이 오듯
마음에 꽃 봉우리 터지게하는
나랑 너랑 하는 사랑의 구름 같아요

달이 보내준 눈

달의 마음이
시가 되어
눈물지어 눈이 내린다

이때다 싶듯
두 팔을 벌려
다 받아주고만 싶다

달이 보고파서
달에게 갈 수 없어
나는 꽁꽁 얼어붙은 외로운 눈사람 된다

그리움, 사랑에 대한 고문

찾아와 주지도 않으면서
그립다 그립다
내게 말한는 너는
그리움에 대한 고문이다

사랑이 뭔지도 모르면서
사랑한다 사랑한다
내게 말하는 너는
사랑에 대한 고문이다

천당과 지옥

천당과 지옥이
따로 있는게 아니다
사랑할때 사랑의 천당에 있고
이별할때 이별의 지옥에 있다

그대에게 내가 할 수 있는
가장 이기적인 사랑

그대를 사랑 하는 내 사랑법은

별의 그림자에 사랑빛 숨기고

달의 그림자에 마음빛 숨기고

보이지 않는 메아리 되어

잡히지 않는 바람 되어

언제나,그대 뒤에서

오로지,그대 등만 변함없이 바라 보는것

오로지,그대 그림자만 한없이 안아 주는것

오로지,그대 영혼만 끝없이 사랑 하는것

김영주 시집

눈

우주의 비밀 상자 속 사랑의 언어들이
흰 가루 되어 흩날리는구나

심장을 말갛게 뛰게 만드는
그 누군가의 하얀 미소인 듯
황홀히 떨어지는 기쁨이구나

지붕 위를 수북이 보듬고
텅 빈 길가에 누워 님 발길 기다리며
창문에 기대어 나왔노라 손짓하며

나무 위에 구름처럼 앉아
어느 집 불빛에 함께 녹아내리는
너는 보고 싶은 사람을 만나기 위해 내려온
우주가 보내준 감동의 선물이구나

다시 물방울이 되어 하늘로 올라갈 줄
알면서도
그 누군가의 슬픔을 덮어주는
너는 누군가의 영혼이 영혼을
부르는 영혼 꽃이구나

소망을 품고 여행을 떠나온 듯
설렘을 살살 뿌리며 쏟아지는
너는 웃으며 반짝이는 작디작은 하얀 새이구나

단 한 번의 사랑처럼 고백하는
너의 영혼과 어느 영혼의 하얀 마음이
 길가에 하얀꽃 피우듯이 쌓여져 가는 구나

정남진 바닷가

정남진 바닷가는
한동안 꺼내보지 않은 슬픔이 보이는
마음의 거울같은 바닷가다

아무도 들여다보지 않는 낡은 그림처럼
그리움을 품은 외로운 바닷가다

바다의 영혼이 내 영혼을 기다려온듯
나를 무척이나 반기는 바닷가다

잔잔한 바다는 내 마음을 빠트리게 하고
깊은 고요에 온몸이 가라앉는다

바다의 영혼과 내 영혼이 은밀히 만나 밀회를 즐기듯
임의 웃음같은 바다가 세상 모든 편안함으로 나를 만져 준다
임의 가슴같은 바다가 세상 모든 사랑으로 나를 감싸안아 준다

정남진 바다에 가면
차알삭 차알삭 파도가 부서지듯
바다가 임이 되고 내가 바다가 된다

별이 빛나는 밤엔

별이 빛나는 밤엔
그대를 한없이 바라보는 장미꽃에게
미치도록 외치고 싶어요

'내 해달사' '내 해달사'
'내 해달 바라기' '내 해달 바라기'

슬픔 머금은 홀로 지는 달은
허공에서 한숨지으며
태양으로 갈 수 없는 그림자 되어
목 놓아 울며 우주를 떠돌아요

머물 수 없는 설움으로
제 심장을 검게 찢고
까닭을 알 수 없는 푸르른 별들은
위로하며 한걸음 달아나 있죠

'해달사' '해달사'

함께 떠오를 수 없기에
서럽게 품어버린 단 한마디
뜨겁게 토해내는 단 한마디

사랑해요
사랑합니다

해달사

해와

달이

온종일

애달프게

부르는

해와 달의 사랑

완전한 사랑

당신은 언제나 내 안에 존재합니다
당신은 내 삶의 존재의 이유이며
살아가는 순간의 모든 것입니다
하지만 완전한 사랑을 하려면
사랑이 사랑에게 말을 걸어줄 때
사랑이 사랑에게 웃어줄 때
사랑이 사랑을 품어줄 때
사랑 안에 사랑이 더욱 빛남이오
완전히 행복 해지리란 것을 알고있기에
나는 내게 주어진 사랑을 아낌없이 쓰며
언제나 빛이나게 당신을 사랑하렵니다